JN437332

오랑캐꽃

오랑캐꽃

이용악 지음

한국 시집 초간본 100주년 기념판 — 바람

일러두기

1. 이 책의 텍스트는 1947년 4월 20일에 발행된 『오랑캐꽃』의 초간본이다.
2. 표기는 원칙적으로 현행 맞춤법에 따랐다. 그러나 특별한 시적 효과와 관련된다고 판단되는 경우는 원문의 표기를 그대로 두었다.
3. 한자는 한글로 고치되, 꼭 필요한 경우는 괄호 처리 하였다.
4. 편자 주는 후주로 처리하였다.
5. 한 편의 시가 다음 면으로 이어질 때 연이 나뉘면 첫 번째 행 상단에 줄 비움 기호(>)를 넣어 구분하였다.

I

오랑캐꽃

—긴 세월을 오랑캐와의 싸움에 살았다는 우리의 머언 조상들이 너를 불러 〈오랑캐꽃〉이라 했으니 어찌 보면 너의 뒷모양이 머리채를 드린 오랑캐의 뒷머리와도 같은 까닭이라 전한다—

아낙도 우두머리도 돌볼 새 없이 갔단다
도래샘*도 띳집도 버리고 강 건너로 쫓겨 갔단다
고려 장군님 무지무지 쳐들어와
오랑캐는 가랑잎처럼 굴러갔단다

구름이 모여 골짝 골짝을 구름이 흘러
백 년이 몇백 년이 뒤를 이어 흘러갔나
너는 오랑캐의 피 한 방울 받지 않았건만
오랑캐꽃

너는 돌가마도 털미투리도 모르는 오랑캐꽃
두 팔로 햇빛을 막아 줄게
울어 보렴 목 놓아 울어나 보렴 오랑캐꽃

II

불

모든 것이 잠잠히 끝난
다음에도
당신의 벗이라야 할 것이

솟아오르는 빛과 빛과 몸을 비비면
한결같이 일어설 푸른 비늘과 같은
아름다움
가슴마다 피어

싸움이오
우리 당신의 이름을 빌어
미움을 물리치는 것이오

노래끝나면

손뼉 칩시다 정을 다하여
우리 손뼉 칩시다

노새나 나귀를 타고
방울 소리며 갈꽃을 새소리며 달무리를
즐기려 가는 것은 아니올시다

청기와 푸른 등을 밟고 서서
웃음 지으십시오
아이들은 한결같이 손을 저으며
멀어지는 나의 뒷모양 물결치는 어깨를
눈부시게 바라보라오

누구나 한 번은 자랑하고 싶은
모든 사람의 고향과
나의 길은 황홀한 꿈속에 요요히 빛나는 것

>

손뼉 칩시다 정을 다하여
우리 손뼉 칩시다

벌판을 가는 것

몇천 년 지난 뒤 깨어났음이뇨
나의 밑 다시 나의 밑 잠자는 혼을 밟고
새로이 어깨를 일으키는 것
나요
불길이오

쌓여 쌓여서 훈훈히 썩은 나뭇잎들을 헤치며
저리 환하게 열린 곳을 뜻함은
세월이 끝나던 날
오히려 높디높았을 나의 하늘이 남아 있기 때문에

내 거니는 자국마다 새로운 풀포기 하도 푸르러
뒤돌아 누구의 이름을 부르료

이제 벌판을 가는 것
바람도 비도 눈보라도 지나가 버린 벌판을
이렇게 많은 단 하나에의 길을 가는 것

나요

끝나지 않는 세월이오

집

밤마다 꿈이 많아서
나는 겁이 많아서
어깨가 처지는 것일까

끝까지 끝까지 웃는 낯으로
아이들은 층층계를 내려가 버렸나 본데
벗 없을 땐
집 한 칸 있었으면 덜이나 곤하겠는데

타지 않는 저녁 하늘을
가벼운 병처럼 스쳐 흐르는 시장기
어쩌면 몹시도 아름다워라
앞이건 뒤건 내 가까이 몰래 오시오

눈 감고 모란을 보는 것이오
눈 감고
모란을 보는 것이오

구슬

마디마디 구릿빛 아무렇던
열 손가락
자랑도 부끄러움도 아닐 바에

지혜의 강에 단 한 개의 구슬을 바쳐
밤이기에 더욱 빛나야 할 물 밑

온갖 바다에로 새 힘 흐르고 흐르고

몇천 년 뒤
내
닮지 않은 어느 아이의 피에 남을지라도
그것은 헛되잖은 이김이라

꽃향기 숨 가쁘게 날아드는 밤에사
정녕 맘 놓고 늙어들 보자오

해가 솟으면

잠잠히 흘러내리는
개울을 따라
마음 설도록 추잡한 거리로 가리
날이 갈수록 새로이 닫히는
무거운 문을 밀어 제치고

조그마한 자랑을 만날지라도
함부로 푸른 하늘을 대할지라도
내사
모자를 벗어 반갑게 흔들어 주리라

숱한 꽃씨가 가슴에서 튀어나는 깊은 밤이면
손뼉 소리 아스랗게 들려오는 손뼉 소리

멀어진 모든 사람들의 이름을 부르며
홀로 거리로 가리

>

욕된 나날이 정녕 숨 가쁜
곱새는 등곱새는
엎디어 이마를 적실 샘물도 없어

죽음

별과 별들 사이를
해와 달 사이 찬란한 허공을 오래도록 헤매다가
끝끝내
한 번은 만나야 할 황홀한 꿈이 아니겠습니까

가장 높은 덕이요 똑바른 사랑이요
오히려 당신은 영원한 생명

나라에 큰 난 있어 사나이들은 당신을 향할지라도
두려울 법 없고
충성한 백성만을 위하여 당신은
항상 새 누리를 꾸미는 것이었습니다

아무도 이르지 못한 바닷가 같은 데서
아무도 살지 않은 풀 우거진 벌판 같은 데서
말하자면
헤아릴 수 없는 옛적 같은 데서
빛을 거느린 당신

밤이면 밤마다

가슴을 밟고 미칠 듯이 걸어오는 이
음침한 골목길을 따라오는 이

바라지 않는 무거운 손이 어깨에 놓여질 것만 같습니다
붉은 보자기로 나의 눈을 가리고 당신은
눈먼 사나이의 마지막을
흑 흑 느끼면서 즐길 것만 같습니다

메레토스*여 검은 피를 받은 이
밤이면 밤마다
내 초조로이 돌아가는 좁은 길이올시다

술잔을 빨면 모든 영혼을 가벼이 물리칠 수 있었으나
나중에 내 돌아가는 곳은
허깨비의 집이올시다 캄캄한 방이올시다
거기 당신의 제우스와 함께 가두어 뒀습니다
당신이 엿보고 싶은 가지가지 나의 죄를

>

그러나 어서 물러가십시오
푸른 정녕코 푸른 하늘이 나를 섬기는 날
당신을 찾아
여러 강물을 건너가겠습니다
자랑도 눈물도 없이 건너가겠습니다

III

꽃가루 속에

배추밭 이랑을 노란 배추꽃 이랑을

숨 가쁘게 마구 웃으며 달리는 것은

어디서 네가 나즉이 부르기 때문에

배추꽃 속에 살며시 흩어 놓은 꽃가루 속에

나도야 숨어서 너를 부르고 싶기 때문에

달 있는 제사

달빛 밟고 머나먼 길 오시리

두 손 합쳐 세 번 절하면 돌아오시리

어머닌 우시어

밤내 우시어

하얀 박꽃 속에 이슬이 두어 방울

강가

아들이 나오는 올겨울엔 걸어서라도
청진으로 가리란다
높은 벽돌담 밑에 섰다가
세 해나 못 본 아들을 찾아 오리란다

그 늙은인
암소 따라 조밭 저쪽에 사라지고
어느 길손이 밥 지은 자췬지
그슬린 돌 두어 개 시름겹다

다리 위에서

바람이 거센 밤이면
몇 번이고 꺼지는 네모난 장명등을
궤짝 밟고 서서 몇 번이고 새로 밝힐 때
누나는
별 많은 밤이 되려 무섭다고 했다

국숫집 찾아가는 다리 위에서
문득 그리워지는
누나도 나도 어려선 국숫집 아이

단오도 설도 아닌 풀벌레 우는 가을철
단 하루
아버지의 제삿날만 일을 쉬고
어른처럼 곡을 했다

버드나무

누나랑 누이랑
뽕오디 따러 다니던 길가엔
예쁜 아가씨 목을 맨 버드나무

백 년 기다리는 구렁이 숨었다는 버드나무엔
하루살이도 호랑나비도 들어만 가면
다시 나올 성싶잖은
검은 구멍이 입 벌리고 있었건만

북으로 가는 남도치들이
산길을 바라보고선 그만 맥을 버리고
코올콜 낮잠 자던 버드나무 그늘

사시사철 하얗게 보이는
머언 봉우리 구름을 부르고
마을선
평화로운 듯 밤마다 등불을 밝혔다

IV

벽을 향하면

어느 벽에도 이름 모를 꽃
향그러이 피어 있는 함 속 같은 방이라서
기꺼울 듯 어지럽다

등불을 가리고 검은 그림자와 함께
차차로 멀어지는 벽을 향하면
날라리 불며
날라리 불며 모여드는 옛적 사람들

검푸른 풀숲을 헤치고 온다
배암이 알 까는 그윽한 냄새에 불그스레
취한 얼굴들이 해와 같다

길

여덟 구멍 피리며 앉으랑 꽃병
동그란 밥상이며 상을 덮은 흰 보자기
아내가 남기고 간 모든 것이 그냥 그대로
한때의 빛을 머금어 차라리 휘휘로운데*
새벽마다 뉘우치며 깨는 것이 때론 외로워
술도 아닌 차도 아닌
뜨거운 백탕을 훌훌 마시며 차마 어질게 살아 보리

아내가 우리의 첫애길 보듬고
먼 길 돌아오면
내사 고운 꿈 따라 횃불 밝힐까
이 조그마한 방에 푸른 난초랑 옮겨 놓고
나라에 지극히 복된 기별이 있어 찬란한 밤마다
숱한 별 우러러 어찌 즐거운 백성이 아니리
꽃잎 헤칠수록 깊어만 지는 거울
홀로 차지하기엔 너무나 큰 거울을
언제나 똑바로 앞으로만 대하는 것은

나의 웃음 속에
우리 애기의 길이 트여 있기에

무자리와 꽃

가슴은 뭣풀 우거진 벌판을 묻고
가슴은 어느 초라한 자리에 묻힐지라도
만날 것을
아득한 다음날 새로이 만나야 할 것을

마음 그늘진 둔덕에 엎디어
함께 살아온 너
어디로 가나

불타는 꿈으로 하여 자랑이던
이 길을 네게 나누자
흐린 생각을 밟고 너만 어디로 가나

눈을 감으면 너를 따라
자국 자국 꽃을 디딘다
휘휘로운 마음에 꽃잎이 흩날린다

다시 항구에 와서

모든 기폭이 잠잠히 내려앉은
이 항구에
그래도 남은 것은 사람이올시다

한마디의 말도 배운 적 없는 듯한 많은 사람 속으로
어질게 생긴 이마며 수수한 입술이며
그저 좋아서
나도 한마디의 말 없이 우줄우줄 걸어 나가면
저리 산 밑에서 들려오는 돌 깨는 소리

시바우라 같은 데서 혹은 메구로 같은 데서
함께 일하고 함께 잠자며
퍽도 친하게 지내던 사람들로만 여겨집니다

서로 모르게
어둠을 타 구름처럼 흩어졌다가
똑같이 고향이 그리워서

돌아온 이들이 아니겠습니까

하늘이 너무 푸르러
갈매기는 죽지에 흰 목을 묻고
어느 옴쑥한 바위틈 같은 데 숨어 버렸나 본데
차라리 누구의 아들도 아닌 나는 어찌하여
검붉은 흙이 자꾸만 씹고 싶습니까

V

전라도 가시내

알룩 조개에 입 맞추며 자랐나
눈이 바다처럼 푸를뿐더러 까무스레한 네 얼굴
가시내야
나는 발을 얼구며
무쇠 다리를 건너온 함경도 사내

바람 소리도 호개도 인젠 무섭지 않다만
어두운 등불 밑 안개처럼 자욱한 시름을 달게 마시련다만
어디서 흉참한 기별이 뛰어들 것만 같아
두터운 벽도 이웃도 못 미더운 북간도 술막

온갖 방자의 말을 품고 왔다
눈보라를 뚫고 왔다
가시내야
너의 가슴 그늘진 숲속을 기어간 오솔길을 나는 헤매자
술을 부어 남실남실 술을 따라
가난한 이야기에 고이 잠가 다오

>

네 두만강을 건너왔다는 석 달 전이면
단풍이 물들어 천 리 천 리 또 천 리 산마다 불탔을 겐데
그래도 외로워서 슬퍼서 치마폭으로 얼굴을 가렸더냐
두 낮 두 밤을 두루미처럼 울어 울어
불술기* 구름 속을 달리는 양 유리창이 흐리더냐

차알삭 부서지는 파도 소리에 취한 듯
때로 싸늘한 웃음이 소리 없이 새기는 보조개
가시내야
울 듯 울 듯 울지 않는 전라도 가시내야
두어 마디 너의 사투리로 때아닌 봄을 불러 줄게
손때 수줍은 분홍 댕기 휘휘 날리며
잠깐 너의 나라로 돌아가거라

이윽고 얼음길이 밝으면
나는 눈보라 휘감아치는 벌판에 우줄우줄 나설 게다
노래도 없이 사라질 게다
자국도 없이 사라질 게다

VI

두메산골 1

들창을 열면 물구지떡 냄새 내달았다
쌍바라지* 열어제치면
썩달나무 썩는 냄새 유달리 향그러웠다

뒷산에도 나무
앞산도 군데군데 나무

주인장은 매사냥을 다니다가
바위틈에서 죽었다는 주막집에서
오래오래 옛말처럼 살고 싶었다

두메산골 2

아이도 어른도
버섯을 만지며 히히 웃는다
독한 버섯인 양 히히 웃는다

돌아 돌아 물골 따라가면 강에 이른대
영 넘어 여러 영 넘어가면 읍이 보인대

맷돌 방아 그늘도 토담 그늘도
희부옇게 엷어지는데
어디서 꽃가루 날아오는 듯 눈부신 산머리

온 길 갈 길 죄다 잊어버리고
까맣게 쓰러지고 싶다

두메산골 3

참나무 불이 이글이글한
오지화로에 감자 두어 개 묻어 놓고
멀어진 서울을 그리는 것은
도포 걸친 어느 조상이 귀양 와서
일삼던 버릇일까
돌아갈 때엔 당나귀 타고 싶던
여러 영에
눈은 내리는데 눈은 내리는데

두메산골 4

소곰토리* 기웃거리며 돌아오는가

열두 고개 타박타박 당나귀는 돌아오는가

방울 소리 방울 소리 말방울 소리 방울 소리

슬픈 사람들끼리

다시 만나면 알아 못 볼
사람들끼리
비웃*이 타는 데서
타래곱*과 도루묵*과
피 터진 닭의 볏 찌르르 타는
아스라한 연기 속에서
목이랑 껴안고
웃음으로 웃음으로 헤어져야
마음 편쿠나
슬픈 사람들끼리

비늘 하나

파도 소리가 들려오는 게 아니오

꽃향기 그윽히 풍기거나

따뜻한 뺨에 볼을 비비는 것이 아니오

안개 속 다만 반짝이는 비늘 하나

모든 사람이 밟고 지나간 비늘 하나

열두 개의 층층계

열두 개의 층층계를 올라와
옛으로 다시 새날로 통하는 열두 개의
층층계를 양 볼 붉히고 올라와
누구의 입김이 함부로 이마를 스칩니까
약이오 네 벽에 층층이 쌓여 있는 것
어느 쪽을 무너트려도 나의 책들은 아니올시다
약상자뿐이오 오래 묵은 약병들이오

청춘을 드리리다 물러가시렵니까
내 숨 쉬는 곳곳에 숨어서 부르는 이
모두 다 멀리로 떠나보내고
어둠과 어둠이 마주쳐 찬란히 빛나는 곳
땅을 향해
흔들리는 열두 개의 층층계를
영영 내려가야 하겠습니다

등을 동그리고

한 방 건너 관 덮는 모다귀* 소리 바삐 그친다
목메인 울음 땅에 땅에 슬피 내린다

흰 그림자 바람벽을 거닐어
이어 이어 사라지는 흰 그림자 등을 묻어 무거운데
아무 은혜도 받들지 못한 여러 밤이 오늘 밤도
유리창은 어두워

무너진 하늘을 헤치며 별빛 흘러가고
마음의 도랑을
시든 풀잎이 저어 가고
나의 병실엔 초라한 돌문이 높게 소스라선다

어느 나라이고 새야
외로운 새야 벙어리야 나를 기다려 길이 울라
너의 사람은 눈을 가리고 밉다

뒷길로 가자

우러러 받들 수 없는 하늘
검은 하늘이 쏟아져 내린다
온몸을 굽이치는
병든 흐름도 캄캄히 저물어 가는데

예서 아는 이를 만나면 숨어 버리지
숨어서 휘정휘정 뒷길을 걸을라치면
지나간 모든 날이 따라오리라

썩은 나무다리 걸쳐 있는 개울까지
개울 건너 또 개울 건너
빨간 숯불에 비웃이 타는 선술집까지

푸른 새벽인들 내게 없었을라고
나를 에워싸고
외치며 쓰러지는 수없이 많은 나의 얼굴은
파리한 이마는 입술은 잊어버리고자

나의 해바라기는
무거운 머리를 어느 가슴에 떨어트리랴

이제 검은 하늘과 함께
줄기줄기 차가운 비 쏟아져 내릴 것을
네거리는 싫어 네거리는 싫어
히히 몰래 웃으며 뒷길로 가자

VIII

항구에서

영원과 같은 그러한 것이 아득히 바라뵈는 그러한 꿈길을 끝끝내 돌아온 나의 청춘이오 바쁘게 떠나가는 검은 기선과 몰려서 우짖는 갈매기의 떼

구름 아래 뭉쳐선 흩어지는 먹구름 아래 당신네들과 나의 어깨에도 하늘은 골고루 머물러 얼마나 멋이었습니까

꽃이랑 꺾어 가슴을 치레하고 우리 휘파람이나 간간이 불어 보자오 훨훨 옷깃을 날리며 머리칼을 날리며 서로 헤어진 멀고 먼 바닷가에서 우리 한 번은 웃음지어 보자오

그러나 언덕길을 오르내리면서 항상 생각는 것은 친구의 얼굴들이 아니었습니다 갈바리*의 산이오 우레 소리와 함께 둘로 갈라지는 갈바리의 산

희망과 같은 그러한 것이 가슴에 싹트는 그러한 밤이면 무슨 짐승처럼 우는 뱃고동을 들으며 바다로 보이지 않는 바다로 휘정휘정 내려가는 것이오

『오랑캐꽃』을 내놓으며

여기 모은 시는 1939년부터 1942년까지 신문 혹은 잡지에 발표한 작품들이다. 초라한 대로 나의 셋째 번 시집인 셈이다.

1942년이라면 붓을 꺾고 시골로 내려가던 해인데 서울을 떠나기 전에 시집 『오랑캐꽃』을 내놓고자 했으나 뜻을 이루지 못했을 뿐만 아니라 그 이듬해 봄엔 모 사건에 얽혀 원고를 모조리 함경북도 경찰서에 빼앗기고 말았다.

8·15 이후 이 시집을 다시 엮기에 일 년이 더 되는 세월을 보내고도 몇 편의 작품은 끝끝내 찾아낼 길이 없어 여기 넣지 못함이 서운하나 우선 모여진 대로 내놓기로 한다.

끝으로 원고 모으기에 애써 주신 신석정 형과 김광현·유정 양 군에게 감사하여 마지않는다.

1946년 겨울

저자

*

9쪽 〈도래샘〉은 〈빙 돌아 흐르는 샘물〉을 뜻한다.

23쪽 〈메레토스〉는 소크라테스를 고발한 그리스의 청년 비극 시인이다.

36쪽 〈휘휘하다〉는 〈무서울 정도로 고요하고 쓸쓸하다〉는 뜻이다.

44쪽 〈불술기〉는 〈기차〉의 함북 방언이다.

47쪽 〈쌍바라지〉는 〈좌우로 열리게 되어 있는 덧창〉을 말한다.

50쪽 윤영천에 의하면 〈소곰토리〉는 〈소금 가마〉를 뜻한다.

53쪽 〈비웃〉은 〈청어〉를 뜻한다.
〈타래곱〉은 〈곱창〉을 뜻한다.
〈도루묵〉은 〈메기〉를 뜻한다.

56쪽 〈모다귀〉는 〈못〉의 방언이다.

61쪽 〈갈바리〉는 〈골고다〉의 라틴어에서 온 말이다.

해설

이용악과 『오랑캐꽃』

이용악은 1914년 함경북도 경성에서 태어났다. 경성은 북방의 국경 도시로서, 러시아로 가는 길목이다. 그의 할아버지는 소달구지에 소금을 싣고 국경을 넘나들며 장사를 했다. 이용악의 아버지 역시 이 일을 하다 객사한 후에는 어머니가 국수 장수, 떡 장수를 해가며 생계를 꾸려 가게 되었다. 이용악은 일찍 아버지를 여의고 가난한 어린 시절을 보냈다.

이용악은 서울에서 경성농업학교를 다니다 중퇴하고, 1932년 일본으로 건너가 학업과 막노동을 병행했다. 1936년에는 조치(上智) 대학 신문학과에 입학했다. 그는 유학 시절 내내 부두나 공사장 등지에서 품팔이 노동자로 일하며 극도로 궁핍한 생활을 했다. 방학 때는 귀향하여 만주나 러시아 등지를 돌아다니며 비참한 유민들의 삶을 목격하기도 했다. 이러한 고통스럽고 슬픈 체험들이 이용악 시의 바탕이 된 것으로 보인다. 한 비평가는 〈기름기 없는 살림〉으로 특징지어진 〈뼉다구만 남은 마을〉에 대한 끈질긴 관심이 이용악 초기 작품의 형성력이라고 말한다.

『오랑캐꽃』은 『분수령』(1937)과 『낡은 집』(1938)에 이은 이용악의 세 번째 시집으로 1947년 4월 20일 아문각에서 발간되었다. 90여 쪽에 걸쳐 모두 29편의 시가 수록되어 있으며, 정가는 80원이었다. 시집은 해방 후에 발간되었지만, 여기에 실린 시들은 모두 해방 전에 쓰인 것이다. 이 시집에 수록된 시들은 그가 일본에서 귀국한 1939년부터 귀향하기 이전인 1942년까지의 발표작이거나 미발표작들이다. 이 기간에 그는 『인문평론』의 기자로 근무하였다. 당시는 일제가 조선어와 조선 문화에 대한 탄압을 더욱 강화하여 문인들이 정상적인 작품 활동을 할 수 없는 상황이었다. 『인문평론』은 1939년 10월부터 1941년 4월까지 간행되다 통권 16호를 끝으로 폐간되었다. 이용악은 『인문평론』의 폐간과 함께 퇴사하고 1942년 정세가 악화되는 가운데 낙향하여 『청진일보』에서 약 3개월, 다시 주을읍 사무소 서기로 약 1년간 근무하다 모종의 사건에 연루되어 서기 자리마저 내놓고 해방을 맞을 때까지 완전한 칩거 상태로 들어갔다. 해방 후, 다시 서울로 돌아와 『중앙신문』 기자 생활을 하는 한편, 조선문학가동맹에 가입하여 의욕적으로 활동하였다.

그러나 이용악은 조선문학가동맹의 지령에 따라 좌익 활동을 하다가 1949년 8월에 체포되어 10년 형을 선고받고 수감되었다. 1950년 6월 말 인민군 치하에서 출옥한 그는 월북하여 북한에서 활동했다. 월북 후 약 10년간은 북한 체제를 찬양하는 시편들을 발표했으나 1960년 이후의

행적은 분명치 않다. 1971년 쉰여덟의 나이로 사망했다.

일제 말기 이용악의 창작 활동은 1939년에서 1942년까지로 제한되는데 『오랑캐꽃』은 이 시기의 활동을 정리한 시집이다. 이 시집에는 일제 말의 극심한 탄압 속에서 시인이 겪을 수밖에 없었던 현실의 고통과 내면적인 비애가 적절한 비유적 표상과 짙은 서정성으로 표현되어 있다. 『오랑캐꽃』의 시편들은 이전 시집들과 마찬가지로 식민지 현실의 비참함을 잘 형상화하고 있지만, 암울한 현실을 구체적으로 표현하기보다는 정서적 체험을 바탕으로 개인적인 비애감을 주로 노래한다. 이전의 시집들이 식민지 현실의 비참함을 좀 더 구체적이고 직접적으로 서술했다면 『오랑캐꽃』은 좀 더 내면적이고 은유적인 방식을 통해 현실을 암시한다. 『오랑캐꽃』은 더 높은 서정적 순도와 밀도를 보여 주는 시적 암시성이 풍부한 시집이다.

가령 표제작 「오랑캐꽃」에서 시인은, 오랑캐와는 아무런 관련도 없이 오랑캐꽃으로 불리며 설움을 겪는 아름답고 조그마한 들꽃에 연민의 시선을 보낸다. 흔히 이 시에서 오랑캐꽃은 우리 민족이 처한 망국민의 비애를 표상하는 것으로 이해되곤 한다. 물론 시인의 가슴속에 깔려 있던 망국민으로서의 비애가 불쌍한 오랑캐꽃에 투사되어 있다고 볼 수 있다. 그러나 오랑캐꽃을 나라 잃은 우리 민족의 은유로 보는 것은 무리가 있다. 그보다는 가혹한 역

사의 변두리에서 이유 없이 설움과 고통을 당하며 살아야 하는 왜소한 존재 일반을 표상하는 것으로 이해하는 것이 한결 온당하다. 즉 이 시에서 오랑캐꽃은 핍박받는 존재의 보편적 표상이 되며, 그럼으로써 「오랑캐꽃」은 당시 고난을 겪던 우리 민족의 정서를 함축하면서도 높은 시적 성취와 시대를 뛰어넘는 호소력을 지니는 시가 된다. 서정주가 이용악을 회고하며 가난 속에서도 〈민족적인 토착 정서〉를 바탕으로 망국민의 절망과 비애를 잘 표현한 시인으로 평가한 것은, 상당 부분 「오랑캐꽃」과 같이 밀도 높은 비유적 암시성과 순도 높은 서정성을 획득한 시의 성과에 기인하는 것으로 보인다.

식민지 현실에 대한 예민한 의식을 유지하면서도 더욱 성숙된 언어와 상상력으로 내면적 비애를 노래한 작품으로는 「오랑캐꽃」과 더불어 「전라도 가시내」, 「다시 항구에 와서」, 「노래 끝나면」, 「뒷길로 가자」, 「해가 솟으면」 등의 시편들을 언급할 수 있다. 이 시들은 현실에서 소외된 자들의 설움과 시대의 어둠을 개인의 구체적인 실감을 통해 드러내되, 적절한 비유적 표상으로 그 보편성과 암시성을 강화한다. 〈욕된 나날이 정녕 숨 가쁜 / 곱새는 등곱새는 / 엎디어 이마를 적실 샘물도 없어〉(「해가 솟으면」)와 같은 구절은 고통받는 곱새를 통해 암울한 시대를 암시하며, 〈이제 검은 하늘과 함께 / 줄기줄기 차가운 비 쏟아져 내릴 것을 / 네거리는 싫어 네거리는 싫어 / 히히 몰래 웃으며 뒷길로 가자〉(「뒷길로 가자」)에서도 내면적인 절당감을 통해서 시대 상황을 암시하고 있다. 특히 「전라도 가시내」 같은 작품은 다소 감상적인 분위기가 있지만, 북방의 술집으로 팔려 온 여인의 한스러운 삶과 자신의 떠돌이 신세를 병치하여 비극적인 상황을 실감 나게 그리고 있다.

이 시집에는 또한 그동안 별로 주목받지 못했지만 완성도 높은 소품들이 여러 편 있다. 「달 있는 제사」, 「꽃가루 속에」, 「두메산골」 등의 소품들은 소박하면서도 잘 짜여 있으며 원초적인 자연의 공간에 근접함으로써 현실에 대한 소극적인 부정을 보여 준다. 이런 시들을 현실에 대한 도피의 산물로 바라보는 경향도 있지만 1930년대 후반에 심화된 외부 상황의 압박 속에서 상대적으로 문학의 내적이고 형식적인 면의 충실을 도모한 대응의 한 양상으로 볼 수 있다.

이용악은 자신의 체험과 내면 정서를 긴밀하게 결합하여 현실을 포착하려는 시적 경향을 지속시키면서 개성을 확보했다. 이용악의 시는 현실주의 지향의 시인들이 경도되었던 내용 편향과 기교 경시의 경향에서 벗어나 미학적으로 높은 수준에 도달했다는 평가를 받는다. 이용악은 시에서 현실에 대한 깊은 관심이 미적인 성취도와 양립할 수 있는 가능성을 보여 준 최초의 시인이며, 시집 『오랑캐꽃』은 바로 그 점을 확인시켜 주는 시집이다.

이남호(고려대학교 명예교수)

편자의 말

한국 현대시를 대표할 만한 시집들의 초간본을 다시 출간하는 일은 과거를 오늘에 되살리는 일이라기보다는 점점 과거 속으로 사라져 가는 것에 새로운 생명을 부여하여 여전히 오늘의 것이 되게 하는 일이라고 생각한다. 한국 현대시 100년의 역사는 많은 훌륭한 시집을 남겼다. 많은 훌륭한 시집들이 모여서 한국 현대시 100년의 풍요를 이루었다고 말할 수도 있다. 그러한 시집들을 계속 살아 있게 하는 일은 시를 사랑하는 사람의 의무일 것이다.

그러나 이러한 작업은 겉으로 드러나지 않는 수고와 신중함을 많이 요구한다. 첫째는 대표 시인을 선정하는 어려움이다. 수많은 시집들을 편견 없이 재검토해야 하는 수고도 수고지만, 선정과 배제의 경계에 있는 시집들에 대해서는 많은 망설임과 논의가 있어야 했다. 대표 시인 선정 작업이 높은 안목과 보편타당한 기준에 의해서 이루어졌는지는 시간을 두고 전문 독자들에 의해서 판단될 것이다.

두 번째 어려움은 표기에 관련된 것이다. 사실 20세기 전반기의 우리 출판과 한글 표기법의 수준은 보잘것없다.

맞춤법, 띄어쓰기, 행 가름, 연 가름 등에는 혼란스러운 곳이 많고 오식으로 보이는 부분들도 많다. 그것들은 오늘날의 독자들에게 혼란과 거북함을 줄 뿐만 아니라, 작품의 이해를 방해하기도 한다. 그리고 다른 지면에 인용될 때마다 표기가 달라지는 결과를 낳기도 한다. 근대 초기의 많은 문학 작품들을 오늘날의 표기법으로 잘 고쳐서 결정본을 확정 짓는 작업이 시급하다고 할 수 있다. 이러한 생각에서 시적 효과를 지나치게 훼손하지 않는 범위 안에서 표기를 오늘에 맞게 고쳤다. 그러나 시의 속성상 표기를 고치는 일은 조심스럽지 않을 수 없다. 단어 하나, 표현 하나마다 시적 효과와 현재의 표기법 그리고 일관성을 고려해서 번역 아닌 번역 작업을 해야 했다. 이러한 작업이 원문의 분위기를 어느 정도 훼손하는 것은 어쩔 수 없었다. 또 어떻게 고쳐야 할지 판단이 서지 않는 부분도 꽤 있었다. 어쩌면 표기와 관련해서 노력한 만큼의 성과를 얻지 못했는지도 모른다. 그러나 이러한 작업의 축적을 통해서 작품의 결정본을 만들어 나갈 수 있을 것이며, 또한 오늘의 독자에게 친숙한 작품이 될 수 있을 것이다.

초간본의 재출간 아이디어를 최초로 낸 사람은 열린책들의 홍지웅 사장이다. 그분의 남다른 문학 사랑과 출판 감각 그리고 이 작업에 대한 전폭적인 지원에 존경심을 표하고 싶다. 그리고 시집 선정과 표기 수정 및 기타 작업은 이혜원, 신지연, 하재연 선생과 팀을 이루어 했다. 이분들의 꼼꼼함과 성실함에도 존경심을 표하고 싶다. 이 총서가 문학 연구자들뿐만 아니라 일반 독자들에게도 널리 그리고 오래 사랑받기를 바란다.

이남호

한국 시집 초간본 100주년 기념판

오랑캐꽃

지은이 이용악 이용악은 1914년 함경북도 경성에서 태어나 일본 조치(上智) 대학에서 수학했다. 1935년 『신인문학』 3월호에 「패배자의 소원」을 발표하면서 등단했다. 1937년 첫 시집 『분수령』, 1938년에는 『낡은 집』, 1947년에는 『오랑캐꽃』을 펴냈다. 1950년 월북하여 1971년 쉰여덟의 나이로 작고했다.

지은이 이용악 **책임편집** 이남호 **발행인** 홍예빈 · 홍유진
발행처 주식회사 열린책들 **주소** 경기도 파주시 문발로 253 파주출판도시
전화 031-955-4000 **팩스** 031-955-4004 **홈페이지** www.openbooks.co.kr

ISBN 978-89-329-2229-4 04810 ISBN 978-89-329-2210-2 (세트)
발행일 2022년 3월 25일 초간본 100주년 기념판 1쇄

초간본 간기(刊記) 인쇄 1947년 4월 15일 **발행** 1947년 4월 20일 **정가** 80원 **저작자** 이용악 **발행자** 이달영 **인쇄인** 오창근 **인쇄소** 조선단식인쇄사 **발행소** 아문각(서울시 공평동 121번지) **전화** 광화문3 3080번